編者的話

　　自然發音法可讓小朋友透過二十六個字母，直接發音。
因此只要學完二十六個字母的小朋友，就可以開始學習。

　　為了讓小朋友輕鬆愉快地學會，我們特地編寫這套「**自
然發音法**」(Let's Study Phonics)。

◉ **全書特色**：

1. 節選最基本的發音規則，共分２冊，適合**初學英語**的小朋
　 友。

2. 書中單字不超過**國中英語**的範圍，而且都是小朋友身邊感
　 興趣的事物，他們可以直接看圖認字發音，自然學會。

3. 每課皆附**聽寫**或**拼字活動**，讓小朋友經由反覆的練習而加
　 深印象。

U0084516

CONTENTS

Lesson 1 AI 和 AY ······················· 1

Lesson 2 EA 和 EE ······················ 4

Lesson 3 OA 和 OW ····················· 7

Lesson 4 UI、UE 和 IE ················ 10

Lesson 5 BL、CL 和 FL ··············· 13

Lesson 6 GL、PL 和 SL ·············· 16

Lesson 7 BR、CR 和 DR ·············· 19

Lesson 8 FR、GR 和 TR ·············· 22

Lesson 9 SK、SM 和 SP ·············· 25

Lesson 10 ST、SW 和 TW ············· 28

Lesson 11 **Review** ······················ 31

Lesson 12 AU 和 AW ····················· 33

Lesson 13 OU 和 OW ····················· 36

Lesson 14 OI 和 OY ······················ 39

Lesson 15 OO 和 OO ····················· 42

Lesson 16 AR 和 OR ······················ 45

Lesson 17 IR 和 UR ······················ 48

Lesson 18 ER 和 OR ······················ 51

Lesson 19 AIR 和 EAR ·················· 54

Lesson 20 Y、KN 和 GH ··············· 57

附 錄 ···································· 60

LESSON 1

ai

Listen and read.

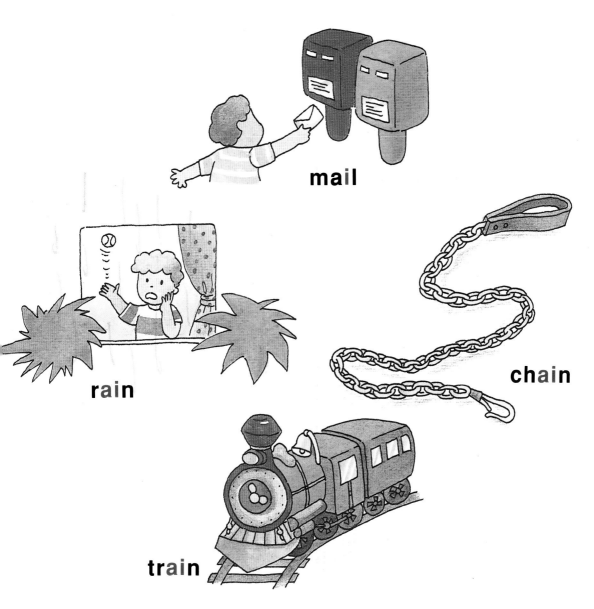

mail

rain

chain

train

 Listen and read.

way

say

May

day

3 Speed reading.

rain
main
gain
pain
train

pay day
way hay
ray may

rail
nail
pail

LESSON 2

ea

 Listen and read.

sea

beach

peach

tea

ee

Listen and read.

tree

sheep

feet

cheese

3 Speed reading.

speak
peak
leak
beak

meat
beat
cheat
seat

sleep
sheep
deep
weep
keep

fee
tree
bee
see

reach
beach
teach
peach

LESSON 3

oa

 Listen and read.

soap

coat

goat

boat

2 Listen and read.

window

yellow

snow

bowl

3 Speed reading.

willow
mellow
yellow
fellow

coat
goat
boat
moat
float

oak
foam
road
soap

snow
crow
blow
slow

toast
roast
coast

LESSON 4

ui　ue

 Listen and read.

 **juice**

 **glue**

 **fruit**

 **blue**

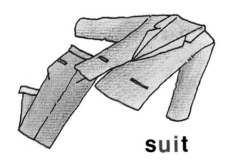 **suit**

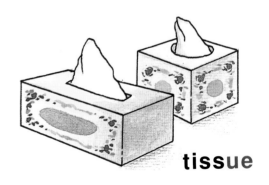 **tissue**

Listen and read.

pie

die

necktie

lie

3 Speed reading review.

nail
mail
tail
tea
pea
sea
Sue
blue
glue
boat
goat
coat
pie
tie
die

May
way
day
say
see
bee
tree
three
snow
slow
blow
yellow
fruit
suit
juice

LESSON 5

bl   cl

1 Listen and read.

blue

clock

blind

classroom

close

black

 Listen and read.

flag

flower

floor

flashlight

3 Listen and circle.

LESSON 6

gl   pl

 1 Listen and read.

glass

play

glove

plane

glad

plant

 Listen and read.

slow

sleep

slide

Listen and circle.

LESSON 7

br　cr

 1) Listen and read.

bread

ice cream

bride

cry

brother

crab

dr

2 Listen and read.

dress

dry

dream

drink

Listen and circle.

① br cr dr

② br cr dr

③ br cr dr

④ br cr dr

⑤ br cr dr

⑥ br cr dr

⑦ br cr dr

⑧ br cr dr

⑨ br cr dr

LESSON 8

fr   gr

 Listen and read.

frog

grape

fry

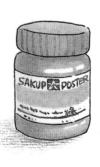

green

grass

fruit

tr

Listen and read.

tree

traffic

truck

train

3 Listen and circle.

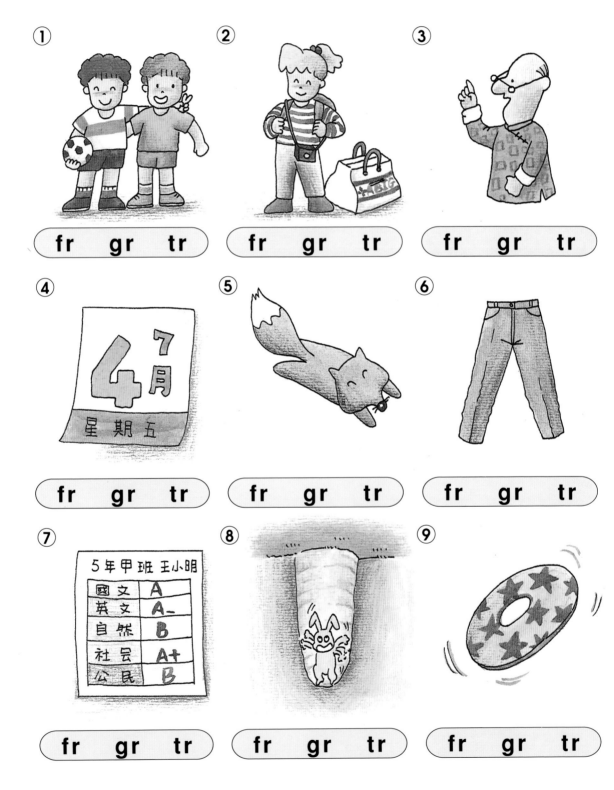

① fr　gr　tr

② fr　gr　tr

③ fr　gr　tr

④ fr　gr　tr

⑤ fr　gr　tr

⑥ fr　gr　tr

⑦ fr　gr　tr

⑧ fr　gr　tr

⑨ fr　gr　tr

LESSON 9

sk sm

1 Listen and read.

ski

smile

skate

smoke

skirt

small

sp

Listen and read.

space

speak

sport

spot

Listen and circle.

① sk sm sp

② sk sm sp

③ sk sm sp

④ sk sm sp

⑤ sk sm sp

⑥ sk sm sp

⑦ sk sm sp

⑧ sk sm sp

⑨ sk sm sp

LESSON **10**

st sw

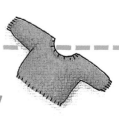

 Listen and read.

stamp

sweet

stove

sweater

street

sweep

 Listen and read.

two

twin

twelve

3 Listen and circle.

① st sw tw

② st sw tw

③ st sw tw

④ st sw tw

⑤ st sw tw

⑥ st sw tw

⑦ st sw tw

⑧ st sw tw

⑨ st sw tw

LESSON 11 *Review*

1 Read column **A**.

2 Fold and read column **B**.

B.   **A.**

B		A	
	cl —		lock
	sw —		sing
	dr —		dive
	st —		top
	pl —		pants
	cr —		cab

3 Speed reading.

clock
class

block
black

smoke
smile

snake
snow

skate
skip

sleep
slide

brush
bride

flute
flag

globe
glass

drum
dress

train
tree

swing
swim

stick
stamp

fruit
frog

LESSON 12

 1 Listen and read.

Paul

August

autumn

daughter

aw

21 Listen and read.

draw

lawyer

strawberry

lawn

3 Listen and write the correct letters.

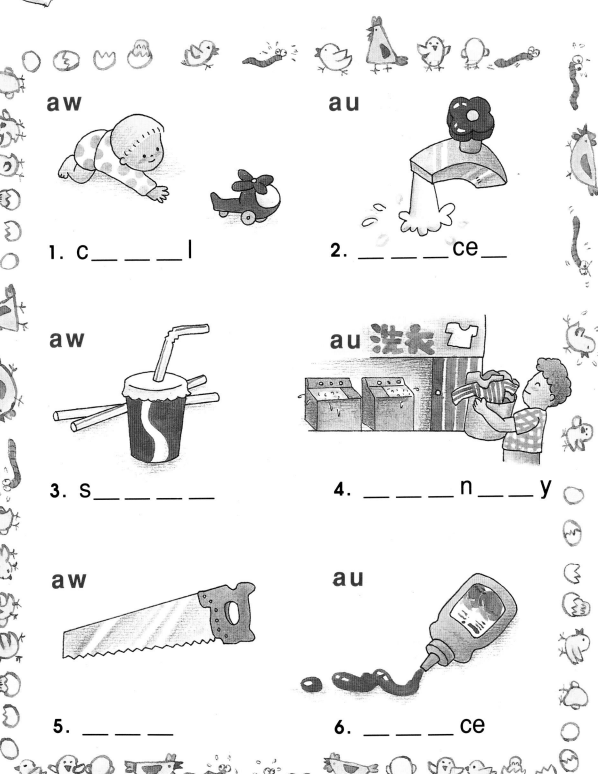

aw

1. c __ __ __ l

au

2. __ __ __ ce __

aw

3. s __ __ __ __ __

au

4. __ __ __ n __ __ __ y

aw

5. __ __ __

au

6. __ __ __ ce

LESSON 13

ou

1 Listen and read.

mouth

shout

house

mouse

 Listen and read.

cow

flower

crown

town

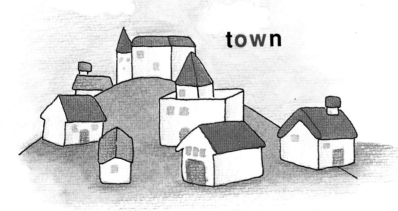

3 Listen and write the correct letters.

ou

1. S__ __ __ __

ow

2. __ __ __

ou

2. __ __ __ __ __nd

ow

4. __ __ __ __ __n

ou

5. __ __ __ __ __d

ow

6. __ __ __ __ __

LESSON 14

oi

 Listen and read.

oil

coin

join

boil

oy

2 Listen and read.

soy

joy

boy

enjoy

3 Listen and write the correct letters.

oi

1. __ __ __ce

oy

2. __ __ __

oi

3. __ __ __ __ __e__

oy

4. __ __ __ __ __er

oi

5. __ __ __ __ __

oy

6. __ __ __

LESSON 15

OO

 Listen and read.

good

book

cook

look

oo

Listen and read.

school

moon

cool

zoo

ZOO

3 Listen and write the correct letters.

oo

1. __ __ __ __

oo

2. __ __ __ __

oo

3. __ __ __ __

oo

4. __ __ __ __ n

oo

5. __ __ __ __

oo

6. __ ch __ __ __

LESSON 16

ar

1 Listen and read.

star

park

car

yard

arm

Hi!

or

2) Listen and read.

corn

short

pork

horse

storm

3 Listen and write the correct letters.

ar

1. __ __ __ __ e __

or

2. __ __ __ __ e

ar

3. __ __ __ __ __

or

4. __ __ __ __ t

ar

5. __ __ __ __

or

6. __ __ __ __

LESSON 17

ir

1 Listen and read.

birthday

shirt

girl

dirty

ur

2 Listen and read.

Thursday

church

turn

turkey

3 Listen and write the correct letters.

ir

1. __ __ __ s __

ur

2. __ __ __ __

ir

3. __ __ __ __ __ __

ur

4. __ __ __ se

ir

5. __ __ __ __

ur

6. __ __ __ se

LESSON 18

er

1 Listen and read.

sister

father

mother

brother

or

Listen and read.

actor

color

sailor

doctor

3 Listen and write the correct letters.

er

or

1. __ __ i __ __ __   __ ai __ __ __

er

or

3. si __ __ __ __   i __ __ en __ __ __ __

er

or

5. __ ea __ __ __ __   e __ i __ __ __ __

LESSON 19

air

 Listen and read.

airport

AIRPORT

airplane

chair

hair

ear

2 Listen and read.

ear

dear

hear

fear

3 Dictation.

1. ___ e a r

2. ___ a i r

3. ___ a i r

4. ___ e a r

5. ___ e a r

6. ___ a i r s

LESSON 20

y

1 Listen and read.

happy

sky

baby

cry

city

fly

kn　gh

2 Listen and read.

knee

knife

5×7=35

know

night

high

light

Listen and write.

1.

___ t ___d ___

2.

___ ___ock

3.

___ i ___ ___t

4.

c ___ ___ ___ ___

5.

butter___ ___ ___

6.

___ ___ ___

7.

li___ ___ter

8.

___ i ___ ___t

9.

___ ain ___

10.

Snoop___

Words in Book Two

Lesson 1

1. mail〔mel〕寄信   chain〔tʃen〕鍊子
   train〔tren〕火車   rain〔ren〕下雨
2. way〔we〕道路   May〔me〕五月
   day〔de〕白天   say〔se〕說話

Lesson 2

1. sea〔si〕海洋   peach〔pitʃ〕桃子
   tea〔ti〕茶   beach〔bitʃ〕海灘
2. sheep〔ʃip〕綿羊   tree〔tri〕樹木
   feet〔fit〕雙腳   cheese〔tʃiz〕乳酪

Lesson 3

1. soap〔sop〕肥皂   goat〔got〕山羊
   boat〔bot〕小船   coat〔kot〕外套
2. window〔'wɪndo〕窗戶   snow〔sno〕下雪
   yellow〔'jɛlo〕黃色   bowl〔bol〕碗

Lesson 4

1. juice〔dʒus〕果汁   fruit〔frut〕水果
   suit〔sut〕西裝   glue〔glu〕膠水
   blue〔blu〕藍色   tissue〔'tɪʃʊ〕紙巾
2. pie〔paɪ〕派   necktie〔'nɛk,taɪ〕領帶
   lie〔laɪ〕躺下   die〔daɪ〕死亡

Lesson 5

1. blue〔blu〕藍色   blind〔blaɪnd〕瞎的
   black〔blæk〕黑色   clock〔klɑk〕鬧鐘
   classroom〔'klæs,rum〕教室   close〔kloz〕關上
2. flag〔flæg〕旗子   flower〔'flaʊɚ〕花
   flashlight〔'flæʃ,laɪt〕手電筒   floor〔flɔr〕地板

Lesson 6

1 glass〔glæs〕玻璃杯
glad〔glæd〕高興的
plane〔plen〕飛機

2 slow〔slo〕慢的
slide〔slaɪd〕滑梯

glove〔glʌv〕手套
play〔ple〕玩
plant〔plænt〕植物
sleep〔slip〕睡覺

Lesson 7

1 bread〔brɛd〕麵包
brother〔'brʌðɚ〕兄弟
cry〔kraɪ〕哭

2 dress〔drɛs〕洋裝
drink〔drɪŋk〕喝水

bride〔braɪd〕新娘
ice cream〔aɪs krim〕冰淇淋
crab〔kræb〕螃蟹

dry〔draɪ〕乾的
dream〔drim〕作夢

Lesson 8

1 frog〔frɑg〕青蛙
fruit〔frut〕水果
green〔grin〕綠色

2 traffic〔'træfɪk〕交通
truck〔trʌk〕卡車

fry〔fraɪ〕煎
grape〔grep〕葡萄
grass〔græs〕草

tree〔tri〕樹木
train〔tren〕火車

Lesson 9

1 ski〔ski〕滑雪
skirt〔skɚt〕裙子
smoke〔smok〕抽煙

2 space〔spes〕太空
spot〔spɑt〕斑點

skate〔sket〕溜冰
smile〔smaɪl〕微笑
small〔smɔl〕小的

speak〔spik〕說話
sport〔spɔrt〕運動

Lesson 10

1 stamp〔stæmp〕郵票
street〔strit〕街道
sweater〔'swɛtɚ〕毛衣

2 two〔tu〕二
twelve〔twɛlv〕十二

stove〔stov〕爐子
sweet〔swit〕糖果
sweep〔swip〕掃地

twin〔twɪn〕雙胞胎

Lesson　11

1 lock〔lɑk〕鎖　　　　　　sing〔sɪŋ〕唱歌
　dive〔daɪv〕潛水　　　　　top〔tɑp〕陀螺
　pants〔pænts〕褲子　　　　cab〔kæb〕計程車

2 clock〔klɑk〕時鐘　　　　swing〔swɪŋ〕鞦韆
　drive〔draɪv〕開車　　　　stop〔stɑp〕停
　plant〔plænt〕植物　　　　crab〔kræb〕螃蟹

Lesson　12

1 August〔'ɔgəst〕八月　　　Paul〔pɔl〕保羅
　daughter〔'dɔtɚ〕女兒　　　autumn〔'ɔtəm〕秋天

2 draw〔drɔ〕畫　　　　　　lawyer〔'lɔjɚ〕律師
　lawn〔lɔn〕草地　　　　　strawberry〔'strɔ͵bɛrɪ〕草莓

Lesson　13

1 mouth〔maʊθ〕嘴巴　　　　shout〔ʃaʊt〕大叫
　mouse〔maʊs〕老鼠　　　　house〔haʊs〕房子

2 cow〔kaʊ〕乳牛　　　　　flower〔'flaʊɚ〕花朵
　crown〔kraʊn〕王冠　　　　town〔taʊn〕城鎮

Lesson　14

1 oil〔ɔɪl〕油　　　　　　　coin〔kɔɪn〕銅板
　boil〔bɔɪl〕煮沸　　　　　join〔dʒɔɪn〕參加

2 joy〔dʒɔɪ〕喜悅　　　　　soy〔sɔɪ〕醬油
　boy〔bɔɪ〕男孩　　　　　enjoy〔ɪn'dʒɔɪ〕享受

Lesson　15

1 book〔bʊk〕書　　　　　good〔gʊd〕好
　look〔lʊk〕看　　　　　cook〔kʊk〕廚師

2 school〔skul〕學校　　　moon〔mun〕月亮
　cool〔kul〕涼爽的　　　zoo〔zu〕動物園

Lesson　16

1 star〔stɑr〕星星　　　　park〔pɑrk〕公園

car〔kɑr〕車子
yard〔jɑrd〕庭院

arm〔ɑrm〕手臂

2 corn〔kɔrn〕玉蜀黍
horse〔hɔrs〕馬
storm〔stɔrm〕暴風雨

pork〔pɔrk〕豬肉
short〔ʃɔrt〕短的

Lesson 17
1 birthday〔'bɝθ,de〕生日
girl〔gɝl〕女孩

shirt〔ʃɝt〕襯衫
dirty〔'dɝtɪ〕髒的

2 Thursday〔'θɝzde〕星期四
turkey〔'tɝkɪ〕火雞

turn〔tɝn〕轉身
church〔tʃɝtʃ〕教堂

Lesson 18
1 sister〔'sɪstɚ〕妹妹
brother〔'brʌðɚ〕弟弟

father〔'fɑðɚ〕父親
mother〔'mʌðɚ〕母親

2 actor〔'æktɚ〕男演員
doctor〔'dɑktɚ〕醫生

color〔'kʌlɚ〕顏色
sailor〔'selɚ〕水手

Lesson 19
1 airplane〔'ɛr,plen〕飛機
hair〔hɛr〕頭髮

airport〔'ɛr,port〕飛機場
chair〔tʃɛr〕椅子

2 ear〔ɪr〕耳朵
fear〔fɪr〕害怕

dear〔dɪr〕親愛的
hear〔hɪr〕聽

Lesson 20
1 happy〔'hæpɪ〕快樂的
city〔'sɪtɪ〕城市
cry〔kraɪ〕哭

baby〔'bebɪ〕嬰兒
sky〔skaɪ〕天空
fly〔flaɪ〕飛

2 knee〔ni〕膝蓋
know〔no〕知道
high〔haɪ〕高的

knife〔naɪf〕刀
night〔naɪt〕夜晚
light〔laɪt〕光

Dictation Manuscript
For Teacher

Lesson 5

3 1. clerk   2. blow   3. Florida   4. float   5. climb

6. blanket   7. clean   8. blackboard   9. flute

Lesson 6

3 1. plate   2. slice   3. globe   4. glitter   5. gloomy

6. place   7. slave   8. plan   9. slippers

Lesson 7

3 1. brush   2. draw   3. crab   4. crazy   5. drum

6. brown   7. bridge   8. cry   9. drive

Lesson 8

3 1. friend   2. travel   3. grandfather   4. Friday   5. gray

6. trousers   7. grade   8. trap   9. frisbee

Lesson 9

3 1. Smith   2. spell   3. sketch   4. Spain   5. sky

6. smart   7. skin   8. spinach   9. smell

Lesson 10

3 1. store   2. swing   3. twenty   4. twinkle   5. swan

6. student   7. stop   8. swim   9. twin

Lesson 11

1 1. clock   2. swing   3. drive   4. stop   5. plants

6. crab

Lesson 12

3 1. crawl   2. faucet   3. straw   4. laundry   5. saw

6. sauce

Lesson 13
3 1. south   2. bow   3. ground   4. brown

5. round   6. down

Lesson 14
3 1. voice   2. toy   3. toilet   4. oyster

5. point   6. Roy

Lesson 15
3 1. foot   2. room   3. wood   4. spoon

5. hook   6. school

Lesson 16
3 1. garden   2. store   3. artist   4. sport

5. farm   6. fork

Lesson 17
3 1. first   2. hurt   3. skirt   4. purse

5. bird   6. nurse

Lesson 18
3 1. driver   2. tailor   3. singer   4. inventor

5. teacher   6. editor

Lesson 19
3 1. tear   2. pair   3. chair   4. year

5. clear   6. stairs

Lesson 20
3 1. study   2. knock   3. right   4. candy

5. butterfly   6. fry   7. lighter   8. fight

9. rainy   10. Snoopy

國立教育資料館審核通過

自然發音法②
LET'S STUDY PHONICS

書＋MP3 一片 售價：280 元

編 著／陳怡平

發 行 所／學習出版有限公司　　　☎ (02) 2704-5525

郵 撥 帳 號／05127272 學習出版社帳戶

登 記 證／局版台業 2179 號

印 刷 所／裕強彩色印刷有限公司

台 北 門 市／台北市許昌街 17 號 6F　　☎ (02) 2331-4060

台灣總經銷／紅螞蟻圖書有限公司　　☎ (02) 2795-3656

本公司網址／www.learnbook.com.tw

電 子 郵 件／learnbook@learnbook.com.tw

2023 年 7 月 1 日新修訂

ISBN　978-957-519-903-6